천방지축 똥꼬발랄

장인수 시집

천방지축 똥꼬발랄

달아실 시선
23

달아실

일러두기

1. 본문에서 하단의 〉는 '단락 공백 기호'로 다음 쪽에서 한 연이 새로 시작한다는 표시이다.
2. 본문의 맞춤법은 시인의 의도에 따른 것임.

시인의 말

슬픔이 웃는다
울음도 웃는다
쓸쓸함도 웃는다
천방지축은 하늘 가장자리(천방天方)에서 지구가 자전하는
중심선(지축地軸)까지 후다다다닥 뛰어다닌다는 뜻이다
똥꼬발랄은 똥꼬까지도 까르르르르 발랄하게 웃는다는 뜻이다
웃음곳간을 펴내어 소소笑笑밥을 짓는다

2020년 1월
장인수

차례

시인의 말 5

1부

걸레질 12
신발 13
교실 14
도배 16
천방지축 18
한로寒露 20
뿔 22
매 24
호명 25
시래기 무청 26
시집 27
둠벙 28
산책자의 몽상 30
보이차 31

2부

몸철학 34
상고대 35
백세 36
똥꼬발랄 참새나무 37
사과나무랑 응응 38
노포老鋪 40
쌀밥 보리밥 41
새가 하늘의 깊이를 만든다 42
목욕탕 교실 44
이순耳順 46
하마터면 웃을 뻔했다 48
사랑과 밥 49
흑백 사진 속 우리 식구의 명랑한 옛날이야기 50
색이 바래다 52
고봉밥 53

3부

명랑한 중년 56
아내의 겨드랑이 58
갱년기 60
배냇짓 61
배차꼬갱이 62
달이 밝아 그런가? 64
풋내 66
굵은 소금 68
뜨신뜨신 밥 69
속창아리젓 70
못질 71
저 건너 72
늙은 젓 73
동치미 74
육젓 75

4부

빛이 빠져나가는 시간 78
목숨 문門 79
콩알의 길 80
모닥불과 성욕에 관한 보고서 81
토천兔遷 82
옥상맛 83
우글우글 84
길 85
안개라는 짐승 86
수렁 88
징글징글 89
방하착放下著 90
덜컹 쿵짝 92
슬픔의 편 94
목탁귀 96

해설 몸으로 쓰기, 몸에 대해 쓰기 — 재기발랄한 몸의 시학詩學
· 장석주 97

1부

걸레질

교실 바닥에서
걸레끼리 부딪친다
교사도 걸레질
교탁과 칠판의 50%가 학생의 몫인 것처럼
걸레의 50%도 교사의 몫
교실 바닥에 눌어붙은 껌도, 침도, 녹아 끈적한 사탕도
우리 모두의 것
교실 바닥에는
우울, 졸음, 짜증, 자학, 무기력, 얼룩도 널려 있다
자폐와 분노조절장애의 욕설과 핏물도 묻어 있다
종이비행기가 된 교과서도 있다
코피를 닦아낸 빨간 휴지도 있다
교실의 쓰레기통에는
두통약, 복통약, 독감약, 알레르기 비염약, 결막염약, 신경안정제가
뱀 허물처럼 널려 있다
걸레도 교육이다
닦는 것도 교육이다

신발

신발 속의 고린내를 고깃덩이보다 좋아하는
짱아는 신발만 보면 환장한다
신발을 물고 돌아다니다가
턱받이인 듯 신발에 턱을 괴고는 끙끙거리는데
뭐라 뭐라 신발과 말을 나누는 것 같다
신발 뒤축을 핥다가 지치면
신발 안쪽에 주둥이를 처박고는
코까지 골면서 잘도 잔다
"새 신발 사게 생겼네."
아내는 짱아를 혼내키는 대신
새 신발 타령을 하며 허허 웃는다
내 것인지 아닌지, 언제 신었었는지도 모를,
외짝 신발 세 개가
안방까지 들어와서 엎어져 있다
생의 간극처럼 밑창은 침대 위에 놓여 있다

교실

폭포처럼 부서지는 푸른 아우성
태양처럼 타오르는 금빛 웃음
어느 날은 강냉이, 보리, 둥굴레, 뚱딴지를 튀기는 뻥튀기 가게 같고
어느 날은 온몸에 향기로운 고요를 두르고 귀먹은 듯
경건하게 미사를 드리는 성당 같고
어느 날은 깨벌레 가득 꿈틀거리는 깨밭으로 보이고
어느 날은 영혼이 부서지며 하관식을 거행하는 공원묘지처럼 보인다
교실은 트랜스포머처럼 변신을 한다
훌라댄스 교실, 스마트 교실, 거꾸로 교실, 트릭아이 교실, 법정 교실, 구름 교실, 새둥지 교실, 절벽교실, 토론 교실, 멘토멘티 교실, 세미나 교실, 책걸상 없는 교실, 감성 충만 교실, 원탁 교실, 의자가 돌아다니는 교실, 사방팔방이 모두 칠판인 교실, 둥근교실, 절반은 고추밭이고 참깨밭인 교실……
풍뎅이 날아 들어온 교실
세종대왕과 이순신과 파브루와 네루다와 백석이

후당탕탕탕
풍뎅이를 잡느라 난리법석인 교실

도배

오늘은 도배 수업이다
교실과 복도 벽에, 유리창에, 앞뒷문에, 사물함에, 칠판에
엄마를 붙여라
아버지를 붙여라
선생님을 붙여라
친구를 붙여라
포스트잇, 쪽지, 유언장, 사망신고서, 편지, 사진, 시화, 유인물, 광고 전단지를 붙여라
엄마에게 드리는 표창장을 붙여도 좋고
그림도, 만화도, 시도, 낙서도 좋다
어제도 벽, 오늘도 벽, 내일도 벽에 부딪히는 것이 인생이란다
힘들고 어려운 인생의 벽에 부딪힐 때마다
오늘의 도배 수업을 문득 떠올리거라
벽과 친해지거라
벽을 거울로, 모니터로, 칠판으로, 캔버스로, 자화상으로 삼아보자
벽에 또 다른 내가 있고, 딴 세상이 있고, 여래如來

가 있다
  부처님도 있고, 예수님도 있다

천방지축

토끼도 아니면서
짱아는 토끼풀을 좋아한다
풀과 꽃을 물어뜯으며 논다
쫑긋, 킁킁, 두리번, 화들짝, 후다닥
짱아가 풀 속에서 환호작약하면
어느새 꽃향기도 똥꼬발랄이 되고
천방지축이 된다
짱아도 꽃향기도 헉헉대며 나뒹군다

질주와 호기심의 꽃바람 한 떨기
뜀박질 신공

후다닥 뛰다가
멈칫 뒤돌아보고
휙 핸들을 꺾어 나에게로 후다닥 달려온다
똥꼬발랄이 똥꼬발랄에게 안긴다

놀다가 지치면
나의 허벅지품에 폭 안긴다

천방지축이 곤하게 코를 곤다

한로寒露

날이 추워지니 짱아는
오히려 기운이 뻗치고 살판이 나는가 보다
지난밤에는 자정까지
놀아달라고
놀아달라고
다람쥐 인형을 물고 와서는
침대에서
감추고 찾고, 숨기고 찾고, 물고 물어뜯고,
잡아당기고, 허공으로 휙 던지고 물어오고
무려 한 시간 넘게
미친 듯 놀았다
새벽이 되자
후다닥 먼저 일어나서
창밖을 향해 컹컹 짖는다
고양이 걸음처럼 짙은 안개가 내리고
굵은 이슬방울이 후두둑 떨어지는 소리
밤새 낙엽들이 내려앉는 소리
물컹물컹 익은 토종감이
땅에 떨어지며 터지는 소리에

시인처럼 컹컹 짖는다
미치고 환장하겠다

뿔

인간이 창조한 괴물들은 뿔을 달고 있는 경우가 허다하지만
뿔에 대한 오해에서 비롯된 것이 아닐까

사슴, 염소, 무소, 코뿔소, 무플런, 겜스복, 엘크, 순록, 장수하늘소, 풍뎅이, 일각고래, 사슴벌레 같은 약한 동물은 뿔을 가지고 있다

사자나 호랑이나 늑대 같은 맹수들은 뿔이 없다

약한 동물들은 맹수로부터 자신을 지켜야 하니까 뿔이 필요했다
약하니까 뿔이 난 거다
뿔은 푸른빛의 절창切創이다

지금 교실에는
뿔 없는 아이들과 뿔 달린 아이들이 섞여 있다
그들이 세상 밖으로 나가면
뿔뿔이 흩어져서는

누구에게 또 어떤 뿔이 자랄 것인가

매

공중을 돌던 매가 날갯짓을 멈춘다
정지한 매는 시위가 당겨진 활이다
천지가 팽팽하다
조마조마
벌레마저 숨을 멈춘다
찰나가 영겁 같은 시간
그러다가 휘잉 휭! 그냥 날아가버리면
맥이 확 풀린다
팽팽했던 시위가
툭 풀어지고
헐렁헐렁 느슨해진다
허공의 끈을 밀고 당기며
삶의 매듭을 맺고 푸는 매
오! 다시 매가 떠올랐다
매가 수직으로 내리꽂힐 때
들판은 비로소 겨울 들판이 된다

나도 매와 같은 선생이고 싶은데
매는 너무 멀리 있다

호명

느릅실, 돗골, 놋점, 지장골, 갈마지, 파랑골, 질마재, 큰덕골, 배티고개, 귀때기청, 곰배령, 큰새이령, 피반령, 하늘재, 육십령, 데굴령, 늘재

차를 타고 낯선 곳을 지날 때면 습관처럼 그곳의 지명들을 소리 내어 부른다 몇 번이고 소리 내어 중얼거린다

그곳의 식물이든 동물이든 그도 아니면 귀신이라도 들어주지 않을까 싶어서 아니 혹시 길을 잃더라도 그 이름들이 다시 길을 알려줄 것 같아서

매일 아침 반 아이들의 이름을 하나하나 호명하는 것도 그런 까닭이다

시래기 무청

어제 새벽에 오더니, 낮에도 오더니, 저녁에 마구 쏟아지더니
밤에도 그칠 줄 모르더니, 오늘 새벽에도 오고, 또 낮에도 온다

무량무량無量無量 온다

바람벽에 매달려 있는 푸릇한 시래기 무청
눈보라를 뒤집어쓴다

시래기 무청은 겨우내 시달릴 것이다
시달리고 시달려서 제 몸을 제대로 불릴 것이다

눈이 밤새 내리고
내린 눈발을 맞는 시래기

무량무량 온다
무청이 푸른 수염을 흔든다

시집

이번에 시집을 내면
닭장의 닭들에게 먼저 바칠 거야
닭들이 갈기갈기 지렁이처럼 시를 쪼아 먹겠지

이번에 시집을 내면
연못의 연밭에 던져 넣을 거야
큰비 쏟아져도 물에 젖기는커녕
데굴데굴 물방울을 굴리며 노는 연잎처럼
넓고 푸른 귀의 연잎들이 데굴데굴 시를 읽겠지

이번에 시집을 내면
몇 쪽을 쭉쭉 찢어서 냄비에 넣을 거야
라면 끓일 때 함께 넣으면 시도 뽀글뽀글 끓겠지

이번에 시집을 내면
참깨밭 참깨꽃에게도 바칠 거야
꿀 따러 온 곤충들이 새콤달콤 시를 따겠지

둠벙

"웅덩이가 아니라 별똥이 떨어진 자리란다."
"별이 똥을 눈 자리라고요?"
"별똥별, 개밥바라기, 운석, 유성우, 하늘에서 내려온 것들이 논바닥과 충돌하면서 패인 자리란다."
나는 아버지의 그 말을 굳게 믿었다
별빛이 둠벙에 살고 있다고 믿었다
어느 해인가 동네 사람들이 고기를 잡느라
둠벙의 물을 모두 퍼낼 때
별빛이 쏟아질지도 모른다고 생각했다
물 빠진 둠벙에는 수많은 물고기들이 꿈틀거렸다
두 양동이 가득 물고기를 건져내는데
누군가 금가락지를 건졌다
수군수군
동네 사람들은 금가락지를 두고
별의별 얘기를 다 쏟아냈지만
나는 그것이 어느 별의 똥이라고 굳게 믿었다
그해 겨울 동네의 겨울밤은 수군수군 여전히 소란스러웠지만
나는 꽝꽝 언 둠벙 가에 앉아서

저녁이 깊어가도록 개밥바라기를 지켜보고 있었다

개밥바라기가 그날 똥을 누웠는지는 잘 모르겠다

산책자의 몽상

산책은 길을 따라가며 길을 지우는 일이다

사람을 지우고 발자국을 지우고
지워진 길에 허방을 내는 일이다
헛걸음으로 허방을 짚으며
이쪽 시간에서 저쪽 시간을 바라보는 것이다
이쪽 공간에서 저쪽 공간을 건너보는 것이다

산책은 지워진 길 끝에서 마침내 나를 지우는 것이다

보이차

중국 윈난 사람들은 당나귀에 보이차를 싣고 해발고도 4,000미터 이상 되는 높고 험준한 산길을 건너 티베트로 가서 말과 바꾸고, 인도로 가서 비단과 바꿨다 사람들은 그 길을 차마고도茶馬古道라고 불렀다

품격 있는 찻집에서 최고급 명품차인 보이차를 마신다 값비싼 보이차를 마시면서 두엄탕의 잘 마른 거름덩이랑 흡사하다고 생각했다 옛날 초가집 지붕의 썩은 지붕에 끈덕지게 엉겨 붙은 커다란 굼벵이의 똥 덩어리랑 거의 똑같이 생겼다고 생각했다

한겨울 초가집 처마에 달리는 고드름은 누런빛의 영롱한 고드름이다 굼벵이 똥 덩어리가 우러나서 그렇다 하지만 함께 보이차를 격조 있게 마시는 시인들 앞에서 굼벵이 똥 덩어리나 두엄탕의 거름덩이 얘기는 하지 않았다

2부

몸철학

나이가 들면 몸이 정신을 압도해
인생이 휘도는 곳, 여울이 센 곳을 몸이 느껴
거센 물살을 어떻게 뚫고 살아왔는지 참 대견해
앞으로 물살을 몇 번만 더 꺾고 휘돌면
저승 가는 마지막 징검다리가 보일 거야
정신적으로 힘들고 어렵고
파김치가 되면
몸을 무작정 놀려야 해
몸으로부터 의지와 정신력과 일을 버려야 해
몸을 몸에게 맡겨야 해
춤을 추든지
뻗어 잠을 자든지
룰루랄라 산에 가든지
정신없이 미친 듯 터벅터벅 걷든지
몸에서 정신이 없도록 몸을 풀어야 해
정신이 빠져나가버린
텅 빈 몸이도록 해야 해
고환이 몸에 달렸는지도 잊어야 해

상고대

영하의 아침 차갑게 서리가 내리면
벌거벗은 겨울나무의 몸은 가장 뜨거워진다
말갈기처럼 내달려온 눈갈기가 나뭇가지에 달라붙는다
얼음과 나무의 격렬한 교합이 시작된다
겨울이 빚어내는 신비롭고 경이로운 퍼포먼스다
살을 에는 통증을 조각품으로 빚는 쾌감
강가에서는 물안개가 후끈하게 솟아오른다
칼바람이 불면 나무는 괴기한 신음소리를 낸다
휘이잉 나무르가즘*의 절정에서 뜨겁게 울부짖는다
보라 가지마다 얼음꽃이 피었다
저 꽃 속으로 봄의 푸른 촉이 돋을 테다

* 사람에게 오르가즘이 있다면 나무에게는 나무르가즘이 있겠다는 생각을 했다.

백세

백세 시대란다
아무래도 백세까지 살 수 있는 모양이니
99세까지만 열심히 살자
마침내 100세가 되면
그때는 무얼 하지?
그래 도둑질하면서 부도덕하게 살자
법당에 가서는
부처님 가피를 들추고 불알을 훔치자
서울역 화장실에서
100억이 든 가방을 훔쳐서는
후다닥 부산까지 도망을 가자
100세에는 정말 멋진 대도大盜가 되자
달빛을 훔치고, 도덕과 윤리를 찢고, 배짱을 빼앗자
이승에 와서 이승의 기쁨을 도둑질하자
도적떼가 되자
갈 때는 어차피 빈손으로 가야 한다
빈손으로 명랑 쾌활을 훔치자

똥꼬발랄 참새나무

수령 칠백 년, 늙은 느티나무 품으로
참새 떼가 날아들었다
느티나무가 쉴 새 없이 푸드덕 파닥거린다
온몸의 껍질세포가 모두 입술인 양 떠든다
참새 떼를 품은 나무
마디마디 참새의 부리가 되어 지저귀고
가지마다 참새의 작은 심장과 호흡과 소란스러움을
뿜는다
우드스탁처럼 환호성을 지르며
똥꼬발랄 까르르 까르르 자지러지는 참새나무
몇몇 속잎새는 나무르가즘*을 느끼나보다
근엄하고 과묵하고 점잖은 느티나무가
하찮은 참새 떼를 만나면
오백 년은 젊어지고
까르르 까르르 오백나한처럼 수다쟁이가 된다

* 사람에게 오르가즘이 있다면 나무에게는 나무르가즘이 있겠다는 생각을 했다.

사과나무랑 응응

수령 40년의 늙은 홍옥사과나무
올해도 열매가 풍성하게 열렸다

슬픔 10상자, 기쁨 10상자, 눈물 10상자, 웃음 10상자, 관능 10상자

허벅지에 벅벅 문질러 한 입 베어 먹는다
미뢰 세포와 뇌 감각이 화들짝 깨어나
씨앗까지 홀랑 씹어 먹는다

달짝지근한 과즙이
입술 밖으로 흘러나온다

그 순간, 믿지 못하겠지만
늙은 사과나무랑 응응이라도 하려는 듯
나는 발정난 개처럼 사과나무를 껴안았다

그러지 말어
늙은 나무를 껴안고 뭘 하려고?

다 부질없어
할멈이 아무렇지도 않다는 듯 툭 뱉는 것이었다

노포老鋪
—김종해 선생님께

시는 평생의 내 밥줄
시밥을 지어 한 상 대접하는 노포 시인

황성 옛터에 밤이 되니 월색만 고요해 폐허에 설운 회포를 말하여 주노라 아 가엽다 이내 몸은 그 무엇 찾으려고

기립 박수를 받는 구슬픈 노랫가락

산오징어를 사다가 살짝 데쳐서 직접 만든 초장에 찍어 먹는 것을 가장 좋아한다는 부산 촌놈

마포의 노포 조박집에서 돼지구이랑 소주를 즐겨 드시는 소탈한 사람

시밥 짓고 시밥 푸는 일을 평생 업으로 살아온
맛있는 시밥집 50년의 노포 시인

쌀밥 보리밥

들판에 온통 눈이 쌓였다
까치들이
통통통 까치걸음으로
쌀밥 보리밥을 한다
산노루 한 마리 들판으로 내려왔다
후다닥
왼발 오른발
걸음을 옮길 때마다
쌀밥 보리밥을 한다
눈 속에 걸음이 푹푹 빠지면
들판이 쌀밥 보리밥 놀이를 한다
늙으신 아버지도
장화를 신고
쌀 보리 쌀쌀쌀 보리 보리
싸알 싸알 쌀밥 보오오오리 보리밥 발걸음을 옮긴다
아들아, 오늘 점심은
보리알이 잔뜩 섞인 쌀밥을 먹자

새가 하늘의 깊이를 만든다

도시에서는 몰랐다
젊은 날에는 몰랐다

하늘이 새의 울음 속에 얼룩져 있다는 것을
하늘이 새의 생애에 흩어져 있다는 것을
서로의 생을 관통하면서
새의 울음이 하늘의 깊이를 만든다는 것을

농촌에 와서 알았다
나이 들어서 알았다

들판에는 새의 울음이 함께 산다는 것을
힘찬새, 명랑새가 아버지와 함께 산다는 것을

진천 초평의 들판 위로 노을이 번지면
새떼는 하늘 높이 빛과 어둠을 환승한다
새들의 날개가 하늘의 주름을 펴고
주름을 편 하늘이 새들의 날개를 파닥이게 한다
〉

늙은 새 한 마리 하늘로 오르더니
이내 종적을 감춘다

목욕탕 교실

평생 노동으로 단련된 몸이어서
아들보다 종아리며 팔뚝이며 알통이 더 억세지만
여섯 번 수술을 한 그의 몸속에는
쇳덩이의 가늘고 긴 어둠이 박혀 있다
연장보다 더 단단하게 굳은살 박인 손이지만
그의 중지손가락은 작두에 잘려서 두 마디가 없다
손이 닿지 않는 목덜미와 어깨 그리고 등 뒤
그의 살을 문지른다
그의 배후를 맨손으로 벅벅 문지른다
내친김에 두피, 이마, 볼, 턱까지 경혈지압을 한다
아버지의 몸 구석구석이 환하게 들어온다
벌거숭이 몸이 비로소 환하게 보인다
아버지의 알몸에 새겨진 길들이 보인다
어떻게 살았는지 어떻게 살아야 하는지
일부러 가르쳐주지 않아도
알몸이 가르쳐준다
촌로인 아버지는 증평 인삼탕을 유난히 좋아한다
증평 인삼탕에서 안 본 듯 서로의 알몸을 훔친다

목욕탕이 진짜 교실이다

이순耳順

갈보리 교회 제2교육관 지붕 밑에서 빗소리를 들었다
달리다굼 호산나 에바다 엘리 엘리 라마 사박다니

안성 칠장사 나한전 처마 밑에서 빗소리를 들었다
아제 아제 바라아제 바라승아제 모지사바하

이매동 양현로 2층 준헤어샵 창문 아래서 빗소리를 들었다
사각사각사각 사가각 사가각 삭둑삭둑 스윽삭 슥삭

탄천의 야외 간이화장실에 앉아서 빗소리를 들었다
뿌지직 뿌직 뿌지지직 뿌웅 뿡 뿌우웅

때와 장소를 가리지 않고 빗소리가 좋아졌다
무엇과 섞인들 좋았고, 무엇과 섞여서 더 좋았다
소들이 되새김질하는 외양간 옆에서 들어도 좋았다
〉

나이 오십에 벌써 귀가 순해지다니

하마터면 웃을 뻔했다

아침에 꽃을 심고 점심에 독경을 하는 늙은 비구니의 목소리가 비단결 같았다

"독경 소리 끝내주네. 맨날 하는 일이 독경이고 꽃 가꾸는 일일 것야. 남편이 있어 밥을 차려주나, 애들이 있어 쌈닭처럼 다투기라도 하나, 늙은 부모 봉양할 필요도 없고, 워킹맘들처럼 회사에서 치일 일도 없고. 그저 아침저녁 꽃 심고 불경만 줄줄 외우면 되니까 얼마나 편안해."

동행했던 팔십 노모가 시샘이 난 듯 투정을 피운다 하마터면 웃을 뻔했는데,

그때 똥지게를 짊어진 늙은 비구니가 다가와서 허리를 굽혀 합장을 했다 투덜대던 노모가 비구니보다 더 허리를 굽히며 합장을 하는 것이었다 하마터면 정말로 웃을 뻔했다

사랑과 밥

“할아버지, 사랑 없이 살 수 있나요?”
손녀가 묻는다
"절대 못 산다."

“할머니, 사랑 없이 살 수 있어요?”
손녀가 묻는다
“사랑이 밥 멕여주냐?”

손녀가 할아버지에게 다시 묻는다
“할아버지, 사랑이 밥 멕여주냐가 무슨 말이에요?”
“사랑 없이 살 수 없다는 뜻이란다.”

흑백 사진 속 우리 식구의 명랑한 옛날이야기

서걱서걱 사각사각 아삭아삭 배추를 먹을 때면 우리 식구는 염소처럼 갉아먹고 소처럼 혓바닥으로 휘감으며 먹었다 배추를 가장 달고 고소하게 먹는 방법이었다

후루루룩 묵밥을 먹을 때는 멧돼지처럼 주둥이를 그릇 속에 처박고 먹어야 제맛이다 아버지도 엄마도 나도 주둥이를 처박고 먹었다

엄마가 가마솥에 옥수수 술빵을 쪄놓으면 식구들은 누에가 한밥 삭이듯 먹느라 생쥐가 풀방구리 드나들 듯 부엌을 드나들었다

엄마는 날마다 이불을 걷어차면서 해가 똥구멍에 떴다고 호통을 쳤다 나는 눈궁둥이가 시어서 얼굴을 찡그렸지만 구수한 아침 밥상이 어느새 들어왔다

비 온 뒤 물이 불은 도랑을 뒤져서 아버지가 잡아

온 붕어들이 양동이에서 널뛰기를 하고 자반뒤집기를 하면 집안에 활기가 넘쳤다

흑백 사진 속으로 풍덩 빠져들고 싶은 날이 점점 많아진다

색이 바래다

점점 무신경해지는 성욕

아내의 젖꼭지가 점점 까매지고 있다
색이 바랬다

며칠 전에는 아내의 성기를 언뜻 보았다
색이 바랬다

낙엽 냄새가 나는 것도 같았다
마른 맨드라미꽃잎을 닮은 것도 같았다

내 몸을 바라본다
마른 나뭇가지처럼 볼품없는 근根의, 끝
내 근은 더욱 색이 바랬다

가물가물하다

고봉밥

도시 출신인 아내는
고봉밥을 한 번도 퍼주지 않는다
적당한 양을 계산해서 적당하게 담아준다

엄마는 늘 불룩불룩 고봉밥을 넘치도록 담아줬다
유쾌봉 햇살봉 꽁보리봉 하루 세끼 고봉밥
고봉밥 산봉우리를 나는 배 터져라 먹었다

내 몸에 고봉산 봉우리들로 가득한 탓일까
먼 산을 바라볼 때마다
꾸르륵 꾸르륵 허기가 느껴지는 것인데

아내는 한 번도 고봉밥을 퍼주지 않는다

3부

명랑한 중년

남녀노소 불문곡직
누구를 만나든 격하게 껴안는다
나는 스킨십이 자연스럽다
명랑과 쾌활을 와르르 쏟는다

그런 내가 싫단다
무례해서가 아니라
너무 즐거워 보여서 불편하단다
너무 명랑해 보여서 불편하단다

지독한 슬픔으로 가득 찬 세상
비명과 참상과 사고가 넘쳐나는 인생
둘러보면 모두 폐허다, 상처의 미궁이다

안다
똥꼬발랄한 중년의 명랑이 불편하다는 걸
명랑하기에는 세상은 너무도 처연하다는 걸

알면서도 나는 너무 명랑하구나

그러니 나는 아주 나쁜 놈이다

아내의 겨드랑이

새벽에 일어나 달걀 여섯 개를 삶고
우엉과 겨울시금치가 들어간 김밥을 쌌다

눈이 쌓인 겨울 산
정상까지 오르려면 아직도 한참을 가야 하는데
푹푹 빠지는 눈과 능선을 타고 내려오는 바람이
자꾸만 길을 가로막았다
"잠깐 쉬었다 갈까?"
햇살 따스한 바위 사이에 잠시 앉았다
"아직 바람이 매섭네!"
아내가 꽁꽁 언 내 손을 와락 끌어당겼다
아내의 겨드랑이는 늘 따뜻했다
삶은 달걀을 까서 아내에게 건넸다
"20년 함께해줘서 고마워."

백년해로라는 산은 어쩌면 이 청량산보다 훨씬 더 험할 테지만
더 깊은 눈길, 더 센 바람이 두 사람의 발을 무겁게 할 테지만

삶은 달걀과 아내의 겨드랑이만 있으면 갈 수 있겠다며
아내의 겨드랑이를 만지작거리며 키득거리는 것인데

"여보 이제 갈까?"
다시 힘을 내어 정상을 향해 걷기 시작하는 것인데

갱년기

"세 년놈이 부엌질을 하니까 엉망진창이잖아."
남편과 아들이 부엌을 들락거리니까
그릇도 뒤섞이고
냉장고 반찬 위치도 뒤죽박죽이란다

"칼! 어딨어?"
오늘은 식칼의 위치가 바뀌었나 보다

아내가 차린 이밥에 넉살 한 첨 올려서 먹는다
"여보! 꿀맛이야."
칭찬을 퍼부어도 아내는 찡그리며
"날 건드리면 국물도 없어.
이놈들아, 이래뵈도 나는 갱년기다!"
오히려 역정을 퍼붓는다

아욱된장국에 아내의 짜증과 웃음을 풀어서 먹는다
나는 오늘도 갱년기라는 반찬을 먹는다
하느님이신 마느님의 식탁

배냇짓

엄마의 뱃속에서 태아가 자란다
뺑뺑 엄마의 배를 찬다
자궁의 종을 친다
찌릿한 태아의 타종
엄마의 아랫배는 점점 부풀어 범종이 되어간다
아기부처가 곧 나오시겠다

배차꼬갱이

엄마가 두 달 넘게 입원해 있는 동안
명랑한 81세의 아버지는
룰루랄라 혼자 사는 법을 터득하셨다
빨래와 설거지까지 혼자 하셨다
오늘은 일주일에 한 번
엄마가 입원한 병원에 가시는 날이다
"꼬리곰탕도 싫고 전복죽도 싫네유 그냥 배차꼬갱이가 땡기네유."
지난 번 엄마의 말을
꼭꼭 담아 두었던 아버지는
비닐하우스 흙속에 묻어둔 날배추를 꺼내어
노란 꼬갱이를 다듬어서는
병원에 가지고 갔다

엄마는 된장에 찍어서 배차꼬갱이를 아삭아삭 씹어드셨다
"토끼보다 잘 먹네."
걸신들린 듯 아삭거리는 엄마를
아버지는 기특한 듯 한참 동안 쳐다보셨다

아버지가 가고 나서도
엄마는 몇날 며칠을 배추고갱이만 씹어 드셨다

달이 밝아 그런가?

휘영청 보름달이 떴다
아버지와 엄마가 평상에 한 상 차려 앉았다

쓰르르르르 풀벌레들이 밤을 새울 모양이다

누구에게나 평생 무상 공급, 무상 배당의 달빛 천체天體

"달이 밝아 그런가 벌레 소리가 더 환하지 않아?"
"벌레뿐이겠슈? 보름달이 뜨면 신안 앞바다에는 민어 떼가 울부짖었지유."
"물괴기가 울어?"
"꾸룩꾸룩 바닷속이 엄청 시끄럽지유."

배차고갱이를 안주 삼아 당최 알 수 없는 말씀을 나누며
막걸리 잔을 주고받는 것인데

얼룩 가득 곰보인 보름달이 입맛을 다시며

할멈과 할아범을 내려다보고 있었다

풋내

"아욱의 풋내를 제거하는 방법: 찬물에 빨래를 빨듯 박박 문질러주면 시금칫물처럼 초록색 물이 됩니다. 그렇게 3~5분간 치대면……"

요리 프로그램에서 전문가님의 말씀이다

울 엄마는 저렇게 해준 적이 한 번도 없는데?
본디 풋내가 제 맛이라 했는데
누구 말을 들어야 하나?

날양파, 날오이, 심지어 날가지까지 설겅설겅
방금 담근 얼갈이 풋내를 즐겼잖아
날김을 찢어서 그냥 먹곤 했잖아
날내와 비린내와 풋내가 나를 즐겁게 했잖아

고민할 필요가 뭐 있나
풋내가 삶을 풋풋하게 해주잖아

문득 궁금해

시 쓰는 것도 그럴까?

굵은 소금

이효석의 메밀 꽃 필 무렵을 가지고
연극 수업을 했다
용욱이는 굵은 소금을 교실에 화르르 뿌리고
석중이는 발정 난 당나귀 울음을 흉내 내었다
교실은 실성한 듯 한바탕 자지러졌다

퇴근 후에는 노인요양병원에 갔다
반신불수 장인어른은
삼일 동안 똥을 못 눠 관장을 했는데
끙끙 용을 쓰다 마침내 똥덩어리를 누시고는
멋쩍은 듯 푸시시 웃으셨다
간병인도 비닐장갑을 들어 보이며 웃으셨다

집으로 돌아가는 길
어슴푸레 뜬 초저녁달이 강아지처럼 따라 온다
달빛이 굵은 소금을 뿌린 듯 쏟아질 것 같았다
갑자기 소금을 깨물어 먹고 싶어졌다

뜨신뜨신 밥

찬바람 손돌바람
씽씽 부는 한겨울에는
꽁꽁 얼어터진 볼따구
회색회색회색 숫돌처럼 차가운 때에는
깻단을 태워
타다다닥타다다닥
가마솥에
울타리콩, 서리태 섞어
흰쌀에 따순 콩밥 짓고 싶다
사시사철 밥 벌러 출근했던 고단한 몸
누룽지를 끓여서
연인보다 더 꼬수운
밥해 먹고 싶다
뜨신뜨신 밥상이랑 놀고 싶다

속창아리젓

좌판에 엉덩이 깔고 앉은 할머니
오전 장사 오늘도 영 신통찮은지
한 끼 점심이
밴댕이 속창아리젓에 막걸리 한 통이다

“개자식.”
막걸리 한 사발 걸치고는 욕이다
“불쌍한 놈.”
속창아리젓 같은 삭고 삭은 욕이다

취해야만 욕할 수 있는 남편
젊은 년 따라서 집 나가더니 객사한 남편
“속창아리도 없는 놈, 불쌍한 놈.”

못질

살면서 못질을 많이 했다
연장을 다루는 일은 생존이었다
어머니 가슴에도 수없이 못질을 했는데
우습게도 그 또한 내 생존의 한 방편이었다
아버지도 못질을 자주 했다
식탁을 고쳤고, 지붕을 수리했다
내가 똥인지 된장인지 모르고 분탕질할 때
그때마다 아버지는 못질을 하면서 집터를 수리했다
나는 오늘도 못질을 멈추지 않는다
지금도 내 터전에 못질을 한다
가만히 생각하면
사는 일이 결국 '질'을 잘하냐 못하냐에 달린 건데
'질' 자 들어가는 일이 결코 쉽지 않은 법
쟁이질, 바느질, 대패질, 주먹질, 망치질, 붓질, 사람질……
살아보니 사랑질, 마당질, 인생질, 못질……
세상 일이 '질' 아닌 것이 없는데,
내가 했던 질마다 온전한 게 없다
덕지덕지 헌데 투성이다

저 건너

"저 건너 세상에 갑니다.
며칠 후에 돌아오겠습니다."
—사랑하는 엄마 아들 ○○○ 올림

"아들이 가출했음"
아내는 남편에게 문자를 쐈다

"ㅋㅋㅋ 괜찮아"
초긍정의 실없는 답장이 남편에게서 날아왔다

아내는 가출하고 싶다
아들이 보낸 문장이 아주 맘에 든다
가출은 아내의 버킷리스트가 되었다

늙은 젖

대학생이 된 두 아들
녀석들 저리 키우려고 젖몸살 앓아가며
아내의 젊은 젖은 최선을 다했다
이제 마를 대로 마른 젖이겠지만
아주 가끔
아내의 유방을 만지면
아직도
젖이 작동을 할까 궁금하다
젖이 꾸물거리고
젖이 젖으려 할까
부풀고 물리고 싶어 할까
이제는 생육보다는 건강의 신호로 읽게 되는
아내의 마른 젖
늙음을 더듬는다
물컹한 늙음을 더듬다가
고별사를 읽듯
내 눈이 젖어드는 그런 날이 있다

동치미

엄마는 감기에 걸리면 항아리 속 동치미를 한 바가지 떠내어 냉수와 섞어서 들이키셨다. 짭조름한 무와 삭은 청고추와 쪽파를 함께 씹으시고는 아궁이에 장작을 지피면서 불기운을 쏘이셨다. 다음 날이면 감기가 뭐냐, 시치미 떼듯 다 나으셨다. 나도 마찬가지였다.

육젓

팔순 노모가
몇 해 전부터 육젓 맛에 홀딱 빠지셨다
충청북도 미원면 금광리 산골 깡촌에서 나고 자란
까막눈에 진짜 촌로인 엄마는
지금껏 생선이라고는 동태가 최고인 줄로만 아셨는데
어느 날 그놈의 탱글탱글한 광천 토굴 육젓으로
애호박새우젓볶음과 봄똥 겉절이를 하고부터는
육젓으로 파김치, 김장김치까지 담그자고 성화시다
한 점이라도 드시라 그리 성화를 해도
점점 멀리하던 고기마저도
육젓 겉절이에 돼지고기 수육을 곁들이더니
하이구야 이런 맛이 다 있었다냐?
집 나갔던 입맛이 다시 돌아왔다며
저리 싱글벙글 하신다

육젓이 나보다 낫구나
유월 새우야, 네가 효자로구나

4부

빛이 빠져나가는 시간

가을은
지구에 왔던 빛이 빠져나가는 시간
나무에게 왔던 빛이
꽃에게 왔던 빛이
썰물처럼 빠져나가는 시간

나뭇잎 위로 림프액 불빛이 켜지고
나뭇잎의 영혼이 새겨진 불빛 그림자가 어른거리면
후둑후둑 불빛이 토해놓은 잔해들을 밟으며
내가 내 그림자를 끌고 쓸쓸하게 걸어가야지
빛이 이동하는 골목으로
번쩍거리는 구두를 신고 걸어가야지

가을은
삶의 빛나던 순간들이 쓸쓸히 지나가는 시간

목숨 문門

가을에는
쑥부쟁이, 구절초, 꽃무릇이
점점점 불어난다
벼 타작을 한
빈 논바닥으로
수많은
목숨 문門
목숨 구멍이 가득하다
숨 쉰 자리
밥 벌러 나갔다가 들어온 자리
놀러 나갔다가 들어온 자리
갈라진 논바닥
질그릇빛 거무튀튀 어스름도 스며든
풀, 곤충, 우렁이들의
목숨 문
목숨 구멍
논바닥에 깔렸다

콩알의 길

콩을 턴다
둥글둥글 콩알이 사방으로 튕겨나간다
수많은 콩이 빗자루에 쓸리고
쓰레받기에 담기고
큰 고무통과 푸대에 담기지만
끝끝내
덤불이나 두엄탕이나 울타리 국화다발 속에 숨는 놈이 있다
튕겨나간 탄력성 때문이다
대자연을 이끌어가는 어떤 분의 은밀한 계획 때문이다
인간의 눈으로는 쉽게 감지할 수 없다
아무리 열심히 타작을 해도
인간의 눈으로는 찾을 수 없는
그래서 더 귀한 열매가 있다
주워 담지 못한 콩알들은
다른 쓰임으로 제 길을 갈 것이다
갈퀴로 긁어 콩깍지를 가득 쌓는다
콩알이 영글던 빈 집이 산더미 같다

모닥불과 성욕에 관한 보고서

쓸쓸할 때면 모닥불을 지핀다
잔가지에 불이 붙는다
불길은 커지다가 작아졌다가 다시
커지면서 몸부림을 친다
불길이 꺼지려 하면
잘 마른 장작을 몇 개 더 넣는다
다시 살아난 불길
활활 타오르며 타닥거린다
불에도 올이 있다
불은 타오르면서 올이 풀린다
마침내 실오라기 하나 걸치지 않은 불씨가 꺼지려 한다
지푸라기라도 붙잡으려 하지만
소용없는 일
모닥불의 짧은 생애가 덧없다
모닥불을 지피면 쓸쓸해진다
모닥불은 성욕과 닮았다

토천兎遷

밤새 눈이 내렸다
싸락싸락싸라락
마당을 가로질러 외양간으로
마을 어귀로
댑싸리 빗질이 내는 토끼길
실핏줄 같은 샛길
토천兎遷
토끼가 만든 소로를 토천이라고 한다
산에서 길을 잃었을 때
토천을 따라가면 살 수 있다고 한다
하찮은 토끼길도 생사의 지남철이 될 수 있는 것
손돌바람 씨잉 불고
다시 눈발이 펑펑 쏟아지고
토끼길은 삽시간에 지워진다
한치 앞부터 미로인 삶에
다시 빗질을 한다

옥상맛

고향집 갈색고양이는 지붕에 자주 올랐다
하얀 박꽃, 수세미꽃이 가득 핀 지붕
넝쿨손이 몸에 닿을 때마다
고양이는 제 성기를 핥으며 간드러지게 울었다

나는 요즘 옥상에 자주 오른다
널어놓은 깻잎부각 주름들을 만지며
탈각脫殼으로 육신을 완성하는 것에 대해 생각한다
생각이 달빛에 다다르면
교교한 달빛의 내장이 훤히 보였다
어느 날은 텃밭의 까마중 몇 알 따서
옥상에 올랐는데
한 톨씩 씹어 먹다가
나도 모르게 젖꼭지를 자근자근 만지기도 했다

옥상에는 설명할 수 없는 묘한 기운이 있다
나는 그것을 옥상맛이라 부른다

우글우글

내 안에 세 들어 사는 것들이 우글우글 참 많다 구름도 살고, 굼벵이도 살고, 똥도 살고, 해골도 산다 세입자가 많다보니 늘 소란스럽기 마련, 어제 저녁에도 그랬다 구름과 굼벵이와 똥과 성욕과 함께 나는 식탁에 빙 둘러앉아 저녁을 먹고 있었다.

(굼벵이가 집 주인인 나에게)
— 변태가 끝나면 함께 우화등선하는 게 어때?
(해골이 똥덩어리에게)
— 에이 더러운 탐욕의 똥덩어리. 오장육부 가득
　탐진치貪瞋痴가 우글거리는구만.
(꿈틀대던 굼벵이가 혼잣말로)
— 네가 소요유逍遙遊를 아느냐?
(똥물 가득 찬 해골이 다정한 목소리로 나를 부른다)
— 얽매이지 말고, 여여如如하시오.

밥상머리에서 세입자들이 서로 헐뜯는다 어디서 주워들은 고상한 말을 가져다 붙이지만 그래봐야 개싸움이다 영구임대 세입자들이라 내쫓을 수도 없으니 어쩌랴 그냥 이래 우글우글 살 수밖에.

길

걸어온 길 돌아보면
어떤 길은 오 리가 십 리 길이고
어떤 길은 십 리가 오 리 길이었다
어느 길은 오 리 정도면 적당히 걷기 좋았고
어느 길은 십 리 정도가 걷기에 딱 적당한 거리였다
적당해도 적당하지 않아도 마침내 가야 하는
유정만리 무정만리의 인생길이지만
당신과 함께 걸어갈 수 있어 다행이다
아내와 함께라면 만 리가 오 리 길이다
아내와 함께라면
만 리라도 걷기에 딱 적당한 거리 아니겠는가

안개라는 짐승

아버지는 안개의 거대한 발자국을 무서워했다
어느 날 밭에서 어린 가족을 데리고 내려온 그 짐승과 마주쳤을 때
아버지는 사신의 모습을 보았다 했다

나는 믿지 않았지만
안개 속에서 잘못 본 것이라고
그저 산짐승이 밭으로 내려온 것이라고 말씀드렸지만

아버지는 여전히 안개라는 짐승을 무서워했다
내륙의 가장 깊은 안쪽에는 안개라는 산짐승이 산다고
안개의 검붉은 눈과 날카로운 송곳니가 먹이를 노리고 있다고

나는 여전히 아버지의 말을 믿지 않지만
안개가 자욱한 날
안개를 더듬다보면 끈적끈적한 타액이 만져질 때가

있다
  그게 안개라는 짐승일 리는 없겠지만

수렁

시를 쓰다보면 불쑥불쑥
황당한 질문이 떠올라 당황스러울 때가 있다
내가 사람이어야 하는가?
그냥 야생화나 짱돌이나 들짐승이 되면 안 되나?
인수야, 너는 꼬리지느러미가 있어야 하지 않니?
우주 미아가 되어 떠돌고 싶잖아?
엉뚱한 질문이 머리에 똬리를 틀면서
나를 불편하게 한다
나는 들개의 피 아니 그 핏 속의 적혈구 아니 그 적혈구 속의 헤모글로빈일 뿐인지도 몰라
허황된 질문으로 나는 오늘도 수렁에 빠졌다
까끌까끌 수크령이 얼굴을 할퀸다

징글징글

훨훨 키질로 까부르면
껍데기와 먼지와 부스러기는 저만치 날아가고
깨알과 깨벌레만 후두둑 아래로 떨어진다
녹색, 갈색, 회갈색, 얼룩얼룩 애벌레들
튜브에서 물감을 쥐어짜듯이
꿈틀거리는 애벌레들
바글바글 와글와글
깨를 턴 것인지
깨벌레를 턴 것인지
들깨를 털면서 기절초풍을 한다
벌레들이 왜 이렇게 많을까
이게 정말 궁금하다
총선 예측, 집값 폭등, 세금 폭탄, 성인병 예방, 섹스 횟수
이런 것들도 미친 듯이 궁금하지만
깨를 털면 깨벌레가 왜 징글징글하게 많은지
생명의 신비는 얼마나 징글징글한지
그게 몹시 궁금하다

방하착放下着

왜냐하면 수보리야 만약 보살에게 아상 인상 중생상 수자상이 있으면 이는 곧 보살이 아니기 때문이니라

바스락바스락 신발 밑 낙엽 속에서 금강반야바라밀경이 들린다
신발 속 발가락이 독경이라도 하는가

수보리야, 갠지스의 모든 모래알만큼이나 많은 갠지스가 있다면 너는 어떻게 생각하느냐? 이 모든 갠지스의 모래알은 아주 많다고 하겠느냐?

바스락바스락 낙엽 밟히는 소리가
어느새 방하착방하착으로 들린다

마침내 다 내려놓으라고
내려올수록 더 큰 허공을 받들 수 있다고
공에서 왔으니 공으로 가라고
〉

내 발에 밟히면서 나를 가르치는 낙엽의 독경 소리
바스락바스락 방하착방하착

덜컹 쿵짝

경운기를 끌고 텅텅텅텅
돌부리의 고샅길을 오른다
위로 아래로 덜컹덜컹
좌로 우로 뒤뚱뒤뚱
쏠리고 흔들리면서
돌부리 가득한 산비알밭을 간다
온몸의 뼈마디가 한껏 흥이 났다
위턱뼈가 밭을 갈자 옹헤야
추임새를 놓으니
아래턱뼈가 어절시구 옹헤야
귓속뼈가 저절시구 옹헤야
엇박자로 춤을 추고
어깨뼈와 발가락뼈들도 얼씨구절씨구 옹헤야
주거니 받거니 제각각 잘도 논다
밭을 가는 건지 춤을 추는 건지
경운기에 매단 휴대용 소형 효도라디오에서
때마침 뽕짝도 흘러나오니
이런들 어떻고 저런들 어떠랴
쿵, 하면 짝 하는 뽕짝이 좋더라

덜컹 쿵짝
밭을 가는 것도 리듬을 타면 놀이더라
덜컹 쿵짝
경쾌하고 신나는 뽕짝이더라

슬픔의 편

사람들은 끊임없이 묻는다
너는 누구 편이냐 너는 어느 진영이냐
나는 내 삶의 편이다
내 삶은 명랑의 편이다
명랑은 슬픔의 편이다
나의 노래는 명랑하다
명랑한 목소리로 슬픔을 부른다
붓을 들고 형형색색 그림을 그려도 슬픔의 편, 슬픔의 채색
한 끼 밥에서도, 한 잔 술에서도 슬픔을 뜬다
내 마음 속 진보, 내 행동 속의 좌파는 오직 슬픔
슬픈 자들을 위해 시를 쓴다
슬픈 자들은 웃음과 명랑과 정력과 성욕조차 슬프다
내가 믿는 예수와 부처는 좌파, 진보, 사랑, 아픔
그리고 슬픔의 하나님이듯이
엘리 엘리 라마 사박다니
너는 누구 편이냐
어느 쪽이냐고 묻는다면

나는 슬퍼하는 자의 삶, 슬픔의 편이다
썩은 해초처럼 삶을 휘감는 슬픔
열대어처럼 무리지어 골목을 휘젓는 슬픔의 편이다

목탁귀

"장작을 패는 게 뭔지 아나? 그게 목탁을 두드리는 거랑 같은 거다."

어릴 때 허투루 들어 넘겼던 아버지의 말씀이 이제야 들린다

나이 오십 넘어서

이제 겨우 목탁귀가 트였다

딱따구리도, 개구리들도, 민어들도

목탁을 두드리는 거다

풀벌레 소리가 어쩌면

우주의 텅 빈 허공을 두드리는 목탁 소리일지도 모르지

스님만 목탁을 두드리라는 법이 있나

스님의 목탁만 목탁일까

장작을 패면서도 목탁을 칠 수 있는 거다

몸으로 쓰기, 몸에 대해 쓰기 —
재기발랄한 몸의 시학詩學

장인수의 시세계

장석주(시인, 문학평론가)

0

시집은 하나의 지층이다. 시집은 존재 사건의 지층, 차이와 반복의 지층, 역사의 시간과 경험의 지층, 신체와 그것에 부속한 관능의 지층, 무의식의 지층을 품는다. 하지만 지층은 과거의 것들, 더는 유효하지 않은 시간, 하강과 퇴적의 산물이다. 좋은 시집은 지층에 묻히지 않고 그것을 뚫고 밖으로 나온다. 속도와 운동만이 그 지층을 뚫는다. 이 속도와 운동 속에서만, 찰나를 증언하는 번개의 빛 속에만, 시는 있다. 계절과 기후, 편애와 갈망 속에 운모雲母인 듯 반짝이는 이것, 먹을 수도 없고 쓸 수도 없는 이것, 은유의 집적集積이며 어떤 전조前兆와 예감과 우연을 품고 돌아오는 것, 시는 인생의 무상함과 오르페우스에게 바치는 한 줄의 노래이다! 시는 늘 어느 한 곳에 머물지 않는다. 시는 불확실한 것에 윤곽과 형태를 주고 다시 왔던 길로 돌아간다.

> 기념비를 세우지 마라, 그저 장미로 하여금
> 해마다 그를 위해 꽃피도록 하라.
>
> — 라이너 마리아 릴케, 「오르페우스에게 바치는 소네트」 부분

1

장인수의 시는 천진난만한 옹알이 대잔치이고, 유쾌한 농담의 대방출이다. 시적 발상은 거침이 없이 자유롭고, 한 점의 강박도 없이 재기발랄하다. 그 재기 발랄한 상상력에 탕약을 끓이듯 오랜 성찰 끝에 얻은 깨달음 한 줌을 얹는다. 그의 시는 몸으로 쓰기, 혹은 몸에 대해 쓰기다. 그의 몸-시는 깨달음의 시이다. 깨달음은 "방하착放下著"에서 오는 자연스런 인식의 결과물이다. 그는 "유정만리 무정만리의 인생길"(「길」) 이모저모를 살펴 길어 올린 시를, 가족사에 대한 명랑하고 슬픈 고백(「흑백 사진 속 우리 식구의 명랑한 옛날 이야기」)을, "지독한 슬픔으로 가득 찬 세상 / 비명과

참상과 사고가 넘쳐나는 인생"(「명랑한 중년」)의 중간 지점에 이른 제 이야기를, 무릇 생명에 대한 초긍정으로 물든, 신명과 춤에 얼씨구절씨구 옹헤야 같은 추임새를, 쏟아낸다. 그의 시는 몸과 대지를 뒤섞고 버무리며 평생 농업 노동으로 늙은 아버지라는 자연에게 바친 헌사이다. 자연은 파닥거리고, 지저귀고, 소란을 내뿜고, 환호성을 지르고, 까르르 자지러지고, '나무르가즘'(관능의 황홀경)을 느낀다. 우리는 그 품에서 생명의 일들을 도모한다. 아버지-자연은 숭고하다. 그는 아버지-자연에서 나왔으며 언제나 그 근본으로 돌아간다. 그는 하늘과 들판, 물길과 바람길을 다 아우른다. 그 안에서 피고 지는 것, 즉 "쑥부쟁이, 구절초, 꽃무릇"이나 "풀, 곤충, 우렁이들" 따위를 다 아우르며(「목숨 문門」) 쓴 송가頌歌이다. 자연이 품은 모든 것이 목숨을 갖고 우주적 무도舞蹈에 참여한다. 생이란 슬프게 웃으며 추는 춤 이상도 이하도 아니다. 그가 빚는 시어는 춤의 언어이다. "무거운 것 모두가 가볍게 되고, 신체 모두가 춤추는 자가 되는 것, 그것이 내게 알파이자 오메가라면. 진정, 그것이야말로 내게는 알파이자 오메가다."(니체, 「일곱 개의 봉인」, 『차라투스트라는 이렇게 말했다』) 춤은 무거운 것, 하강으로 이끄는 힘, 아래로 아래로 끌어내리는 중력의 신에 대한 모반이다. 춤의 언어는 도약의 기쁨을 품은 언어, 대지의 구속을 벗어나 공중을 나는 새의 언어다. 그의 시는 슬픔에 바친 시다. 그 슬픔은 그냥 슬픔이 아니라 명랑한 슬픔이다. 그는 "슬픈 자들은 웃음과 명랑과 정력과 성욕조차 슬프다"(「슬픔의 편」)라고 노래한다.

사람들은 끊임없이 묻는다
너는 누구 편이냐 너는 어느 진영이냐
나는 내 삶의 편이다
내 삶은 명랑의 편이다
명랑은 슬픔의 편이다
나의 노래는 명랑하다
명랑한 목소리로 슬픔을 부른다
붓을 들고 형형색색 그림을 그려도 슬픔의 편, 슬픔의 채색
한 끼 밥에서도, 한 잔 술에서도 슬픔을 뜬다
내 마음 속 진보, 내 행동 속의 좌파는 오직 슬픔
슬픈 자들을 위해 시를 쓴다
슬픈 자들은 웃음과 명랑과 정력과 성욕조차 슬프다
내가 믿는 예수와 부처는 좌파, 진보, 사랑, 아픔
그리고 슬픔의 하나님이듯이
엘리 엘리 라마 사박다니
너는 누구 편이냐
어느 쪽이냐고 묻는다면
나는 슬퍼하는 자의 삶, 슬픔의 편이다

썩은 해초처럼 삶을 휘감는 슬픔
열대어처럼 무리지어 골목을 휘젓는 슬픔의 편이다

—「슬픔의 편」 전문

그는 슬픔의 편이다. 왜 슬픔의 편일까? 슬픔은 생명이 품는 가식이 없는 원초의 애틋함이기 때문이다. 슬픔은 생명의 본성이다. 따라서 슬픔의 편에 선다는 것은 생명의 편에 선다는 뜻이다. 슬픔은 웃음의 윤리가 배제한 아주 작고 여린 것들의 양식이다. 늘 소수자의 것인 슬픔은 약함의 징후도, 수동적 허무주의의 정서에 속하지도 않는다. 슬픔은 약한 자를 단련시킨다. 뿐만 아니라 슬픔은 슬픔과 뭉쳐져서 그 무엇으로 깨트릴 수 없을 만큼 단단해진다. 항상 "슬퍼하는 자의 삶, 슬픔의 편"에 서라! 왜냐하면 연대를 통해 단단해진 슬픔만이 웃음과 춤을 잉태하기 때문이다.

2

장인수의 시는 기본적으로 깨달음의 시다. 공즉시색 색즉시공. 깨달음은 익숙함의 당위를 깨고 나오는 신성한 우연을 품은 각성이고 앎이다. 알고 보면 앎이란 게 거창하지 않다. 그 전에 몰랐던 것을 새롭게 알아

변화와 성장으로 나아가는 게 앎이다. 앎과 깨달음은 한 몸통이지만 앎에 실천적 의지가 더해질 때 우리는 그것을 깨달음이라고 명명한다. 어리석음이 부패와 농양膿瘍이라면, 깨달음은 갓 수확한 그해의 햇과실 같은 것이다. 그것은 '관념의 미라들'을 넘어서서 아직 드러나지 않은 것의 새로운 발견이고 이제까지 단 한 번도 출현한 적이 없는 의지의 생성이다.

도시에서는 몰랐다
젊은 날에는 몰랐다

하늘이 새의 울음 속에 얼룩져 있다는 것을
하늘이 새의 생애에 흩어져 있다는 것을
서로의 생을 관통하면서
새의 울음이 하늘의 깊이를 만든다는 것을

농촌에 와서 알았다
나이 들어서 알았다

들판에는 새의 울음이 함께 산다는 것을
힘찬새, 명랑새가 아버지와 함께 산다는 것을

진천 초평의 들판 위로 노을이 번지면
새떼는 하늘 높이 빛과 어둠을 환승한다

새들의 날개가 하늘의 주름을 펴고
주름을 편 하늘이 새들의 날개를 파닥이게 한다

늙은 새 한 마리 하늘로 오르더니
이내 종적을 감춘다

―「새가 하늘의 깊이를 만든다」 전문

이 시에서 "새"는 생명이자 의지의 주체다. 자연을 대상으로 삶의 모험을 펼치는 주체다. 새의 생은 저절로 이루어지는 게 아니다. 살펴보면 "새"의 생애는 역경과 시련을 거친 뒤에야 도모할 수가 있다. 차라리 "새"는 하늘을 경작하며 제 생을 일군다. 그 깨달음의 내용은 다음과 같다. 시인은 "하늘이 새의 울음 속에 얼룩져 있다는 것", 시인은 "하늘이 새의 생애에 흩어져 있다는 것", 그리고 "새의 울음이 하늘의 깊이를 만든다는 것"을 깨닫는다. 그 깨달음의 조건은 주체가 서 있는 장소와 시간의 변화에 대한 인식을 근거로 삼는다. "농촌에 와서 알았다 / 나이 들어서 알았다" 라고 진술한다. 그 깨달음은 농촌에 와보지 않았다면, 혹은 나이가 들어보지 못했다면 알 수 없는 일이다. 늙은 아버지 몸속에는 무수한 새들이 들어 있다. 늙은 아버지가 곧 늙은 새다. 새가 하늘에 제 생을 도모한 흔적을 남기듯이 몸을 부려 대지를 경작해온 아버지

역시 들판에 제 생의 흔적을 남긴다.

서걱서걱 사각사각 아삭아삭 배추를 먹을 때면 우리 식구는 염소처럼 갉아먹고 소처럼 혓바닥으로 휘감으며 먹었다 배추를 가장 달고 고소하게 먹는 방법이었다

후루루룩 묵밥을 먹을 때는 멧돼지처럼 주둥이를 그릇 속에 처박고 먹어야 제맛이다 아버지도 엄마도 나도 주둥이를 처박고 먹었다

엄마가 가마솥에 옥수수 술빵을 쪄놓으면 식구들은 누에가 한밥 삭이듯 먹느라 생쥐가 풀방구리 드나들 듯 부엌을 드나들었다

엄마는 날마다 이불을 걷어차면서 해가 똥구멍에 떴다고 호통을 쳤다 나는 눈궁둥이가 시어서 얼굴을 찡그렸지만 구수한 아침 밥상이 어느새 들어왔다

비 온 뒤 물이 불은 도랑을 뒤져서 아버지가 잡아 온 붕어들이 양동이에서 널뛰기를 하고 자반뒤집기를 하면 집안에 활기가 넘쳤다

흑백 사진 속으로 풍덩 빠져들고 싶은 날이 점
점 많아진다

—「흑백 사진 속 우리 식구의 명랑한 옛날이야기」 전문

먹는다는 것, 식욕과 미각의 욕망을 채우는 이 생태적인 행위에서 오는 놀라운 감탄이 「흑백 사진 속 우리 식구의 명랑한 옛날이야기」의 주요 내용을 이룬다. 염소, 소, 멧돼지 등과 엄마와 아버지는 한 통속이다. 엄마와 아버지는 자연과 물아일체를 이루고 사는 존재이다. 이 시는 "흑백사진 속"에 담긴 축제의 한때를 그리고 있다고 봐야 한다. 끓이고 데치고 삶고 튀기고 쪄낸 음식을 먹고 마신다는 것, 그 미식의 즐거움에 참여하며 생의 찬란한 기미를 포획하는 축제! 여기에 등장하는 음식의 세목은 소박하다. 배추, 묵밥, 옥수수 술빵, 구수한 밥 냄새를 풍기는 아침 밥상뿐이지만 먹는 방식을 눈여겨보라! 배추를 "아삭아삭" "염소처럼 갉아먹고", 소처럼 긴 혀로 휘감으며 먹는다. 그게 배추를 "가장 달고 고소하게 먹는 방법"이다. 갓 쪄놓은 옥수수 술빵을 먹으려고 식구들은 "생쥐가 풀방구리 드나들 듯 부엌을 드나"든다. 아버지가 물이 불은 도랑을 뒤져서 잡아 온 붕어들은 "양동이에서 널뛰기"를 하는데, 그것만으로도 "집안에 활기가 넘쳤다". 이 모

든 자연에서 구한 것들, 곡물과 채소, 가축의 살과 뼈, 어류, 공중을 날거나 땅을 기는 것, 네 발을 가졌거나 두 발 달린 것을 잡아 삶거나 익혀서 먹을 때, 우리 주린 배는 채워질 것이고, 뱃속에서 소화되어 살과 뼈에 보양식이 될 테다. 산 자여 먹어라, 그래야 산다. 식욕을 채우는 일은 즐거움의 원천! 탐식에 참여하는 몸은 먹는 것의 관능적 기쁨을 자기 것으로 만들며, 식食과 생生의 숭고함을 고스란히 받아낸다. "갓 절인 김장배추에 돼지목살을 싸서 서로의 입 속에 넣어줄 때, 조카와 아들들이 달려들어 서로 달라고 아우성일 때, 맛있다 연발하며 재잘거릴 때"(장인수, 『거름 중에 제일 좋은 거름은 발걸음이여』, 삼인, 127쪽) 식구란 "먹는 인간"들로 이루어진 소집단 연대를 가리키는 보통명사이다.

3

장인수의 시에서 "몸"은 시적 인식의 중요한 촉매제이다. 그의 여러 시편들이 몸-신체에 대한 사유와 상상력에서 시작한다. 몸-신체란 무엇인가. 그것은 오감으로 세계를 받아들이고 이해하는 방식 그 자체다. 몸-신체는 세계로 나아가는 도약대이자 세계와의 물리적 경계를 맞대고 있는 최전선이다. 그것은 고정불변의 사물이 아니라 살아 움직이는 그 무엇이고, 다양한 힘들의 각축장이며, 의지의 구현체이다. 이것의 기반 위에서, 혹은 내부에서 여러 힘들이 경쟁을 하고 협력과 투쟁을 한다. 그런 맥락에서 몸-신체는 힘과 의지의 장소, 도구적 이성이 발현하는 시작점이다.

점점 무신경해지는 성욕

아내의 젖꼭지가 점점 까매지고 있다
색이 바랬다

며칠 전에는 아내의 성기를 언뜻 보았다
색이 바랬다

낙엽 냄새가 나는 것도 같았다
마른 맨드라미꽃잎을 닮은 것도 같았다

내 몸을 바라본다
마른 나뭇가지처럼 볼품없는 근根의, 끝
내 근은 더욱 색이 바랬다

가물가물하다

—「색이 바래다」 전문

시인은 겨드랑이, 유방, 젖꼭지, 입, 입술, 혀, 손, 발, 고환, 성기, 사타구니, 허벅지, 항문, 혈관, 어깨, 등, 종아리, 알통, 두피, 이마, 볼, 털, 미뢰 세포, 뇌… 등을 집요하게 훑으며 몸을 관조한다. 그는 몸 구석구석을 탐사한다. 시에 몸-신체와 관련된 어휘들이 질펀하게 널려 있다는 것은 그가 몸을 유심히 살펴보는 관찰자라는 증거이다. "내 몸을 바라본다". 몸에 대한 바라봄은 몸이 촉발하는 관능 · 욕망 · 쾌락에 대해, 그리고 탄생과 죽음 같은 실존적 사건에 대한 사유와 인식으로 이끈다. 「색이 바래다」라는 작품 역시 몸-신체의 관찰자로서 시인의 면모를 엿보게 한다. 시인은 아내의 몸과 '나'의 몸을 본다. 아내의 젖꼭지와 성기의 색이 변하고, "볼품없는 [내] 근根의, 끝" 색이 더욱 짙게 바랜 것을 발견한다. 색이 바랜 것은 낡은 것, 노화, 쇠퇴의 징후다. 몸은 나이가 들면 색이 바랜다. 이때 객관적 관찰의 결과물로써 몸의 시학이 파열하듯이 나타난다.

나이가 들면 몸이 정신을 압도해
인생이 휘도는 곳, 여울이 센 곳을 몸이 느껴
거센 물살을 어떻게 뚫고 살아왔는지 참 대견해
앞으로 물살을 몇 번만 더 꺾고 휘돌면
저승 가는 마지막 징검다리가 보일 거야

정신적으로 힘들고 어렵고
파김치가 되면
몸을 무작정 놀려야 해
몸으로부터 의지와 정신력과 일을 버려야 해
몸을 몸에게 맡겨야 해
춤을 추든지
뻗어 잠을 자든지
룰루랄라 산에 가든지
정신없이 미친 듯 터벅터벅 걷든지
몸에서 정신이 없도록 몸을 풀어야 해
정신이 빠져나가버린
텅 빈 몸이도록 해야 해
고환이 몸에 달렸는지도 잊어야 해

—「몸철학」 전문

몸은 우리가 생이라는 것을 이루는 데 필요한 일체의 활동, 작용, 생성을 위한 도구이다. 사는 일은 곧 몸을 쓰는 일이다. 몸은 언제나 몸의 형태로 바깥을 향한 존재이다. 몸은 삶의 기획을 수행하는 도구이자 그 자체가 목적이다. 몸을 쓰는 일에는 "~질"이라는 접미사가 붙는다. "사는 일이 결국 '질'을 잘하냐 못하냐에 달린 건데 / '질' 자 들어가는 일이 결코 쉽지 않은 법 / 쟁이질, 바느질, 대패질, 주먹질, 망치질, 붓질, 사람질…… / 살아보니 사랑질, 마당질, 인생질, 못질…… /

세상 일이 '질' 아닌 것이 없는데, / 내가 했던 질마다 온전한 게 없다"(「못질」)는 언술을 보라. 인간이란 평생 "~질"을 하다가 죽는 존재라는 관찰은 특별하다고 할 수 있다. 몸은 그 "~질"을 위해 동원되는 도구이자 수단이다.

이 시(「몸철학」)는 몸과 정신이 다른 것이라는 서양 철학의 이원론적 이해를 슬쩍 흘린다. "나이가 들면 몸이 정신을 압도해" 같은 구절은 몸(힘과 무의식에의 의지)이 정신(이성에의 의지)에 의해 지배된다는 서구 철학의 이해와도 맞닿아 있다. 하지만 "몸을 몸에게 맡겨야 해"라거나 "몸에서 정신이 없도록 몸을 풀어야 해"라는 구절에는 몸이 정신에 복속된 부속물 이상이라는 뜻이 들어 있다. 그렇다. 몸은 심연을 품은 표면이다! 몸은 살이고 뼈, 내부의 장기들로 이루어진 실체이고, 그것이 작동하면서 일어나는 현상을 포괄한다. 몸은 목소리를 내고, 음식물을 씹고 소화시키며, 배설하고, 생식 활동을 한다. 몸은 움직이고 운동하며 삶을 증식하는 한에서 '몸-나'가 성립한다. 우리는 잘 때 몸으로 잠들고, 춤출 때 몸으로 춤은 춘다. 몸은 자기성을 빚지만 "텅 빈 몸"은 존재의 바깥도 아니고 안도 아니다. 그것은 존재의 거푸집이 아니라 생기生氣를 품은 존재 그 자체다. 몸이 없다면 우리는 아무것도 아니다.

몸 하나하나는 세계의 작은 현존이다.

장인수는 특별한 몸을 독자에게 시전한다. 이 몸은 다른 몸의 시원始原이다. 아들의 관점에서 아버지-몸은 둘로 쪼개진 하나이다. 아버지-몸은 자식들에게 제 몸을 증여함으로써 분리되고 쪼개지는 몸이다. 그 분리와 쪼개짐 속에서 의미의 개진開陳이 나타난다. 몸의 도덕적 위상학에서 아버지-몸은 진리의 표상이며 신성불가침의 영역이다. 아버지-몸은 다른 몸을 비추는 거울이다. 아들은 그 아버지-몸을 거울삼아 제 삶을 비춰본다.

평생 노동으로 단련된 몸이어서
아들보다 종아리며 팔뚝이며 알통이 더 억세지만
여섯 번 수술을 한 그의 몸속에는
쇳덩이의 가늘고 긴 어둠이 박혀 있다
연장보다 더 단단하게 굳은살 박인 손이지만
그의 중지손가락은 작두에 잘려서 두 마디가 없다
손이 닿지 않는 목덜미와 어깨 그리고 등 뒤
그의 살을 문지른다
그의 배후를 맨손으로 벅벅 문지른다
내친김에 두피, 이마, 볼, 턱까지 경혈지압을 한다
아버지의 몸 구석구석이 환하게 들어온다

벌거숭이 몸이 비로소 환하게 보인다
아버지의 알몸에 새겨진 길들이 보인다
어떻게 살았는지 어떻게 살아야 하는지
일부러 가르쳐주지 않아도
알몸이 가르쳐준다
촌로인 아버지는 증평 인삼탕을 유난히 좋아한다
증평 인삼탕에서 안 본 듯 서로의 알몸을 훔친다
목욕탕이 진짜 교실이다

—「목욕탕 교실」 전문

이 시는 평생 노동으로 단련된 아버지 몸-신체에 대한 관찰과 사유의 기록이다. 아버지의 알몸은 육중한 두께를 갖고 있는 것, 농업 노동의 흔적이 새겨진 몸이다. 그 몸은 우리에게 "어떻게 살았는지 어떻게 살아야 하는지"를 훈육하는 정신의 화육化育이고, 영혼의 본향이다. "아버지의 알몸에 새겨진 길들이 보인다". 몸의 주름 속에 숨은 여러 가닥의 길들! 몸은 헛것이나 관념이 아니다. 아버지 알몸은 들판에 씨앗을 뿌리고 파종을 하며 수확을 하는 몸, 즉 자연을 개조하고 바꿔서 먹을 것을 빚는 생산의 도구적 실체다. 몸은 공간을 분할하고, 노동을 분배하며, 기후와 날씨에 따라 생산 계획을 짠다. 그 사이 아버지의 몸은 멍들고, 뼈는 금가거나 부러지고, 나이가 들어가면서 마비와 노화를

겪는다. “아버지는 온몸에 타박상을 입고, 엉덩이뼈가 부러지고, 경추에 금이 갔다. 강한 충격에 신경성 요통이 생겼고 어깨부터 손가락까지 마비 증상이 나타났다.”(장인수, 『거름 중에 제일 좋은 거름은 발걸음이여』, 삼인, 73쪽). 아버지의 몸에는 “연장보다 더 단단하게 굳은살 박인 손”은 있지만, “중지손가락은 작두에 잘려서 두 마디가 없다”. 이렇듯 농부의 몸이란 대지에 자기의 살과 뼈를 갈아서 넣는 재료, 농사의 밑거름으로 분해되는 질료 그 자체다.

4

아들은 “욕망하는 기계”(질 들뢰즈)라는 한에서 성장과 함께 아버지라는 지층에서 벗어나 탈주선을 타고 달아난다. 탈영토화는 아버지의 그늘에서 달아나기다. 탈주선을 타고 달아나기는 아버지의 욕망 방식에 맞선 반항과 역행逆行을 통해 이루어진다. 이때 욕망은 생산이고, 무의식의 능동적 흐름이다. 아들은 아버지의 욕망을 생산하는 방식과는 다른 방식을 모색한다. 아들의 탈영토화는 욕망과 사회적 가치의 생산에서 아버지와는 다른 제 길을 찾는다는 뜻이다. 하지만 결국 자식은 아버지를 닮는다. 다시 아버지의 그늘로 돌아와 아버지의 삶을 반복한다. 하지만 아들이 반복하는 것은 동일한 것의 반복이 아니라 바로 '차이'의 반복이다. 아버지를 보면 '나'의 미래가 보이고, 아버지의 삶은 부박한 인생길을 떠도는 나를 올바른 길로 이끄는 반야심경이다. 장인수는 도처에서 아버지를 찾아낸다. "수령 칠백 년, 늙은 느티나무"(「똥고발랄 참새나무」)에서, 들판에서, 곰삭은 육젓과 똥지게에서. 장인수의 상상세계에서 아버지는 "또 다른" 나, "딴 세상", "여래(如來)"이다(「도배」).

> "장작을 패는 게 뭔지 아나? 그게 목탁을 두드리는 거랑 같은 거다."
> 어릴 때 허투루 들어 넘겼던 아버지의 말씀이
> 이제야 들린다
> 나이 오십 넘어서
> 이제 겨우 목탁귀가 트였다
>
> —「목탁귀」 부분

> [아버지는] 고단할 때는 밥을 먹자마자 곯아떨어진다. 회 몇 점에 소주 서너 잔을 기울이자마자 아버지는 곯아떨어진다. 헐렁한 반바지 틈으로 돼지감자 같은 불알 두 쪽이 보이고, 쩍쩍 갈라진 발등 틈새로 논흙이 잔뜩 끼어 있다. 물을 뿌려 촉촉하게 하면 발등에서 새싹이 파릇파릇 돋아날 것

만 같다. 울긋불긋 하지정맥류가 있는 다리는 소나무 구근을 닮았다. 보기가 흉하다. 드르렁드르렁 낮잠에 빠져든 고된 발바닥과 종아리를 주물러드리고 싶지만 차마 쑥스러워 그저 고들빼기 안주삼아 나머지 소주 한 병을 나 혼자 조용히 비운다. 술기운이 오르면 나도 아버지 옆에 가만히 눕는다.

— 장인수 산문집, 『거름 중에 제일 좋은 거름은 발걸음이여』, 삼인, 2018, 212쪽.

이번 시집과 산문집 『거름 중에 제일 좋은 거름은 발걸음이여』는 함께 읽어야 할 한 짝이다. 두 텍스트는 장르가 다르지만 서로 메아리를 보내면서 상호 조응한다. 몸에 대한 숙고와 명상을 거쳐 자연과 대지의 인간인 아버지라는 “큰 거울”에 작은 ‘나’를 비춰보기, 그게 장인수가 이번 시집을 통해 그려낸 큰 그림이다. 아들은 “명랑한 중년”과 “갱년기”라는 생의 변곡점을 거쳐 또 다른 아버지로 빚어지면서 시인은 비로소 제 몸-삶을 전면적으로 돌아보고 “이제 겨우 목탁귀가 트였다”라고 고백한다. 지혜 한 줌, 삶의 깨달음 한 줄기를 얻었다는 뜻이다. 장인수는 재기발랄한 몸의 시학에 그 지혜 한 줌, 깨달음 한 줄기를 얹어 세상에 내놓는다.

천방지축 똥꼬발랄

1판 1쇄 발행 2020년 1월 20일
1판 2쇄 발행 2020년 8월 13일

지은이 장인수
발행인 윤미소
발행처 (주)달아실출판사

책임편집 박제영
디자인 안수연
마케팅 배상휘

주소 강원도 춘천시 춘천로 17번길 37, 1층
전화 033-241-7661
팩스 033-241-7662
이메일 dalasilmoongo@naver.com
출판등록 2016년 12월 30일 제494호

ISBN 979-11-88710-57-7 03810

* 이 도서의 국립중앙도서관 출판예정도서목록(CIP)은 서지정보유통지원시스템 홈페이지(http://seoji.nl.go.kr)와 국가자료공동목록시스템(http://www.nl.go.kr/kolisnet)에서 이용하실 수 있습니다.(CIP제어번호 : CIP2019052795)
* 잘못된 책은 구입한 곳에서 바꿔드립니다.
* 책값은 뒤표지에 표시되어 있습니다.

이 시집은 2019년도 경기도 문예진흥 문학분야 우수작가 지원금을 받았습니다.